PHYSIOLOGIE

DE

L'ÉLECTEUR.

PARIS. — IMPRIMERIE D'A. RENÉ ET Cᵉ,
rue de Seine, 32.

PHYSIOLOGIE

DE

L'ÉLECTEUR

PAR

Quelqu'un qui a le malheur de l'être... Électeur.

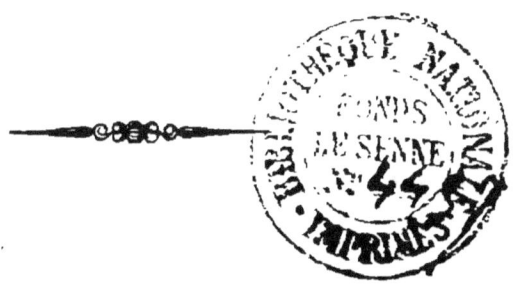

PARIS,

FRANCE, ÉDITEUR, 19, QUAI MALAQUAIS.

Se vend aussi chez tous les Libraires.

—

JUIN 1842.

PHYSIOLOGIE

DE

L'ÉLECTEUR.

———

Cher lecteur, permettez-moi de vous dire tout d'abord qu'il ne s'agit ici ni du Grand-Electeur de Hesse, ni des petits Electeurs des Etats d'Allemagne. Quoique que je ne sois pas grand' chose et que je ne veuille rien être, si l'on me donnait les titres et les rentes de ces messieurs, je les prendrais, ne fût-ce que pour me soustraire aux tribulations auxquelles m'expose ma position d'électeur français, toutes les fois qu'il y a des députés à nommer, ou à choisir des conseillers de département, d'arrondissement, des conseillers municipaux, lesquels ne conseillent rien de bon, des juges du commerce qui décident souvent avec la plus parfaite *ignorance de cause*, des membres de la chambre de commerce, qui ont la bonté de dépenser 8 ou 10,000 francs par an en loyer, frais de bureau, etc., pour annoncer dans les journaux l'établissement des phares ; enfin des officiers supérieurs, inférieurs, sous-officiers et caporaux de la garde nationale, quoique cette héroïque milice soit défunte partout ailleurs qu'à Paris.

Oh ! alors, grand ou petit électeur d'Allemagne ou d'ailleurs , ayant quelques centaines de mille francs à donner aux malheureux, je dirais :

Physiologie de l'Electeur, par un homme qui a L'IMMENSE BONHEUR *de l'être... électeur.*

Hélas! hélas! il n'en est pas ainsi, pour mes péchés.

Croyez-moi, lorsque vos affaires iront bien et vous attireront les doux sourires de dame Fortune, n'agrandissez pas votre appartement, n'achetez pas des terres, encore moins des maisons; car si un jour vous avez assez de bien au soleil pour faire monter la cote de vos contributions à 200 francs, et il n'en faut pas beaucoup du train dont y va le représentatif que nous avons le bonheur de posséder, vous serez inscrit, comme moi, et malgré vous, sur la liste électorale, qui n'est plus qu'une liste de proscription; car il faut fuir en pays étranger à l'époque des élections, si l'on veut éviter tous

les tourments qui attendent les pauvres électeurs.

Il est vrai que, si vous placez vos
économies en rentes sur l'Etat, vous
vous exposez aux chances qu'amè-
nent les crises financières, et notre
ami TIMON vous a fait connaître la
mauvaise situation de nos finances;
il a prononcé le mot de banqueroute,
et cela vous a sans doute effrayés.

Si vous déposez vos fonds à la
Caisse d'Epargne, vous aurez moins
d'inquiétudes; mais déjà l'Etat doit
près de 300 millions à ces caisses, et
pour peu que cela augmente, la dette
sera triplée en moins de vingt ans;
par le fait, c'est encore à l'Etat que
vous prêtez, tout comme si vous
achetiez des rentes. Il est vrai que
vous avez la caution de la commune;
mais si les versements s'élèvent, à

Paris, à quelques centaines de millions, le cautionnement pourrait n'être plus une garantie suffisante ; réfléchissez – y. D'ailleurs , la Caisse d'Epargne ne peut, d'après ses statuts, recevoir qu'une petite portion de vos économies.

Si vous prêtez par hypothèque, les dots des femmes, les reprises des mineurs, les huissiers et le timbre dévorent votre capital, si le débiteur ne peut vous rembourser.

Gardez-vous des notaires : ils sont honnêtes en général , mais ils peuvent faire comme M. Lehon et autres; des agents de change : ils passent souvent en Belgique; des banquiers : ils peuvent déposer leur bilan ; des sociétés par actions : elles promettent du sucre et ne vous donnent que des fruits amers.

« Alors, me direz-vous, où placer

nos fonds ? S'ils ne produisent rien, ils nous sont inutiles. — Ma foi ! je n'en sais rien, et je crois que nous serons obligés de dire : Heureux celui qui n'a pas le sou ! Vivent les gueux ! »

L'électorat, — car il faut que j'en revienne à l'électeur, — est comme une médaille qui a son bon côté et son revers.

Le bon côté, je vais vous le montrer tout de suite, afin de n'avoir plus à m'en occuper. Figurez-vous un électeur qui a des enfants, et qui veut obtenir des bourses au collége afin d'épargner sa propre bourse; celui-là est bien aise de payer 200 francs d'impôt, et il cède vite aux obsessions du pouvoir pour avoir un député qui lui ouvre non pas sa bourse, mais celle des contribuables, pour faire, sans frais pour l'un ni pour l'autre, l'éducation de ses chers bébés; encore son espoir est-il quelquefois déçu.

Exemple :

Lors des élections générales de 1839, un candidat avait promis une infinité de bourses et demi-bourses à certains électeurs qui avaient l'avantage inappréciable d'être pères de famille. Arrivé à Paris, le candidat devenu député veut remplir loyalement ses promesses; mais **MM.** Molé et Comp. venaient de déposer leurs portefeuilles, et ils avaient eu le soin de les vider de tout ce qu'ils pouvaient contenir en brevets de places présentes et futures. Alors le député envoya le circulaire suivant à ses électeurs :

« Paris, le....

« Monsieur,

« Je me suis empressé, aussitôt arrivé ici, de travailler pour vous et vos charmants bébés, à qui puisse Dieu donner une longue vie, car pour moi je ne puis leur donner les bourses que je vous ai promises.

« Figurez-vous, mon cher Monsieur, qu'au ministère on m'a dit que les bourses étaient absorbées pour deux ans et plus. Vous voyez que M. Molé a chèrement payé sa chute, c'est-à-dire qu'il l'a fait payer chèrement aux contribuables dont vous et moi faisons partie.

« Je me suis récrié, disant que l'on ne devait rien aux électeurs qui ont voté pour les partisans de M. Molé, et qu'il fallait annuler les brevets donnés à ces séditieux de conservateurs. Croiriez-vous qu'on m'a ri au nez et qu'on s'est moqué de moi, parce que je demandais une chose juste. Voilà comment vont les choses dans les bureaux ministériels.

« Prenez donc patience ; nous verrons dans deux ans ce qu'il y aura à faire, pourvu que l'âge de vos chers petits enfants s'arrête à la limite fixée par les règlements.

« Embrassez bien ces petits bébés pour moi, ainsi que madame votre épouse, et comptez sur mon estime et mon amitié, avec lesquels je me dis tout à vous.

« C.....
« Député de..... »

Encore un bon côté.

Pour peu qu'un électeur soit gastronome, les élections sont une occasion précieuse pour lui, car il peut faire d'excellents dîners à la sous-préfecture. Il en paie son écot en sa qualité de contribuable; mais il est peu important relativement à celui qu'il paie au restaurant quand il y va en partie de plaisir avec ses amis.

Voilà tous les avantages de l'électorat.

Le revers de la médaille est affreux.

Je ne sais pas au juste comment on

traite aujourd'hui l'électeur qui est assez malheureux pour avoir quelque influence ; mais, comme on veut singer les plus mauvais jours de la Restauration, permettez-moi de vous raconter tout d'abord une petite et grosse histoire dont j'ai été témoin.

C'était en 1824, je crois ; la scène se passait dans une petite ville de province. Le corps électoral avait été convoqué pour nommer un député. A.... était notaire, et il comptait parmi ses nombreux clients douze électeurs dont il écrivait les votes et qui acceptaient toujours le candidat présenté par leur notaire. Or, tout compte fait, après avoir supputé les voix des électeurs fonctionnaires que l'on pouvait destituer s'ils votaient mal, des électeurs qui demandaient des places et qu'on gagnait par des promesses, des électeurs parents de fonctionnaires publics et qui tenaient en leurs mains les destinées de leurs proches, enfin les voix des électeurs besogneux que l'on achetait à des prix plus ou moins élevés, suivant leurs qualités électorales, il manquait encore au ministère dix voix pour que la *vraie* majorité du pays, la *saine* portion de la nation, envoyât à la Chambre un député *bien pensant*.

On songea sérieusement aux treize voix dont disposait M. A....; promesses, prières, obsessions, menaces, tout fut employé inutilement auprès de lui. Il fut impossible de rien obtenir de cet homme doux et paisible, mais doué d'une forte énergie morale, qui aimait beaucoup sa famille, mais par-dessus tout son pays et la liberté impudemment outragée à cette époque, et qui ne demandait ni honneur, ni or, ni faveurs; qui se croyait enfin à l'abri des coups de ses ennemis politiques.

Funeste illusion !... qui l'empêchait de voir qu'on peut assassiner moralement et impunément, dans notre état social tel qu'il est constitué, l'homme le plus généralement estimé !

Voici ce que les agents du ministère arrêtèrent, dans une réunion composée du procureur du roi, du curé, d'un notaire concurrent de M. A..... et de quelques fanatiques. Après avoir délibéré à l'unanimité la perte d'A...., on passa à la discussion des moyens qui devaient conduire à ce but. Après une assez longue discussion, le notaire dit : « A.... a fait un testament par lequel le marquis de***, qui est passé dans les rangs des révolutionnaires, a donné toute sa fortune à un fils naturel, l'enlevant ainsi à ses neveux. Ceux-ci sont furieux contre A....; mettons leur haine à profit, et ils se chargeront de prouver que le marquis était imbécile au moment où il a disposé de ses biens, et que le notaire s'est frauduleusement entendu avec la mère du bâtard. C'est un cas de galères.

— Bravo! bravo! cria-t-on de toutes parts; approuvé! approuvé!.....

— A moi maintenant, dit le procureur du roi, la poursuite du crime. »

Ce procureur du roi s'appelait, je crois, M. Baudet; mais il n'avait rien du naturel patient et bonasse du quadrupède dont il portait le nom. Il s'entendit avec les neveux du marquis, fit venir auprès de lui les faux témoins qu'ils s'étaient procurés, et lança un mandat d'arrêt contre A...., qui fut impitoyablement arraché du sein de sa famille.

Ce malheureux était à peine écroué dans les prisons qu'on l'obséda pour obtenir les votes dont il disposait; on exploita l'affliction de sa femme, de ses enfants, pour le déterminer à sacrifier sa conscience au repos de tous. Mais il resta impassible.... Un mois après, la cour d'assises, composée de jurés que le *hasard* avait choisis exprès, le condamna aux fers.... La révolution de juillet sonna l'heure de sa délivrance....

Malheur à l'électeur qui dispose de plusieurs voix! Moins malheureux est celui qui n'a que la sienne. Mais les tribulations ne lui manquent pas.

L'électeur fonctionnaire reçoit d'abord la visite du candidat; si celui-ci arrive le matin ou le soir, il faut lui

donner à déjeuner ou à dîner; première dépense. Le sous-préfet le
mande dans son cabinet; deuxième
dépense, s'il n'habite pas la ville chef-
lieu. Du jour de l'ordonnance qui
convoque les colléges électoraux à
celui de l'élection, il doit se priver
de voir les électeurs de l'opposition,
sous peine de passer pour suspect;
on fait surveiller toutes ses démarches, tandis que lui-même espionne
celles des autres électeurs, et rend
compte à l'autorité de ce qu'il voit et
de ce qu'il apprend par son garde
champêtre et par les cancans des
femmes. Il est souvent obligé de donner à dîner aux bons électeurs pour
réchauffer le feu sacré; troisième dé
pense. Il reçoit quelquefois la visite
d'un ami, qui lui dit dans le tuyau de
l'oreille : « Prends garde à toi, mon
cher; le ministère sera infailliblement
renversé, et tu feras la culbute si tu

te montres trop zélé. — Bah ! le sous-préfet m'a dit que son candidat avait presque l'unanimité, et qu'il en était de même partout. — Il t'a trompé.— Il est sûr de son fait.—Nous sommes sûrs de notre affaire. « Alors il confie sa perplexité à sa femme ; mais celle-ci le rassure en lui disant que le ministère a plusieurs fois changé et que lui est resté à son poste, qu'il en sera de même chaque fois qu'un changement aura lieu, et que ceux qui tiennent la queue de la poêle représentative aiment beaucoup les fonctionnaires qui sont toujours pour ceux qui gouvernent.

Le jour de l'élection arrivé, l'électeur qui a l'honneur et le bonheur d'être fonctionnaire public doit être le premier rendu à l'assemblée; il est responsable de l'exactitude des moutons de Panurge dont la surveillance lui est confiée. Son premier soin est de les empêcher de communiquer avec les révolutionnaires, dont le contact pourrait être pernicieux ; le second soin consiste à les parquer dans les bancs les plus rapprochés du bureau, afin de les avoir sous les yeux ; troisième soin : il doit écrire leur vote, ou bien voir le mouvement de la plume, car il a d'avance fait une étude particulière des mouvements que fait le sommet de cet instrument quand on écrit le nom de Paul ou celui de Pierre ; recommandation est faite au président du bureau de se pourvoir de plumes très-longues, afin que le carton dépositaire du secret du vote ne puisse pas les couvrir entièrement, et il n'y a pas de canif sur la table pour les raccourcir.— Quelquefois de malins électeurs prennent un canif dans leur poche pour décapiter les plumes, chose aussi pé-

nible pour un président et pour les
fonctionnaires que si on décapitait
un ministre.—Quatrième soin : si l'é-
lection dure trois jours, et que les
électeurs rentrent tous les soirs dans
leurs foyers, le fonctionnaire recom-
mence tous les jours la même beso-
gne ; s'il trouve des récalcitrants, il
use de tous ses moyens pour vaincre
leur résistance, car il répond d'eux
sur sa place.

Si, pour montrer un plus grand
zèle, l'électeur fonctionnaire assiste
aux clubs de l'autorité, il en devient
bientôt le bouc émissaire ; il n'est pas
de démarches qu'on ne lui fasse faire ;
toutes les corvées sont pour lui, et
s'il ne réussit pas on l'accuse d'être
tiède ou inhabile.

J'ai vu un pauvre homme qui, pour
conserver une mince place de juge de
paix à 800 fr. par an, a fait, en 1839,

les corvées les plus pénibles et les
plus humiliantes, et auquel on a tour-
né le dos parce qu'il n'avait pu cor-
rompre deux électeurs. On lui a fait
grâce cependant, et il a encore l'in-
signe avantage d'employer douze
heures par jour au métier le plus en-
nuyeux du monde pour les 800 fr.
dont il n'a nul besoin ; mais s'il n'est
pas plus heureux cette fois dans les
missions qu'on lui confiera, il perdra
sa place, j'en suis convaincu, si la
France a le plaisir de conserver
M. Guizot, en pénitence de nos péchés capitaux.

A propos de nos péchés capitaux,
j'ai entendu dire sérieusement que le
plus grand était de douter de l'a-
dresse de M. Guizot, et de ne pas
voir qu'il embrassait l'Angleterre
pour mieux l'étouffer. Il en serait
bien capable, car il a été à Gand ca-

resser et embrasser la Restauration, et puis il nous a dit que c'était pour l'étouffer dans les étreintes de la liberté; et quand la Restauration a vu la seconde trahison de l'homme qui avait déserté son pays pour revenir avec les Cosaques et les Baskirs, elle a abandonné M. Guizot, qui s'est fait carbonaro et membre de la Société *Aide-toi, le ciel t'aidera*. Qui sait ce que M. Guizot réserve à la révolution de juillet? Ce qui nous rassure un peu, c'est qu'il ne la caresse ni ne l'embrasse.

Lorsque le président du bureau a proclamé le nom de l'élu, si c'est la chair de la chair et les os des os du ministère, le fonctionnaire fait la roue; il dit au député que c'est grâce à lui que l'ordre public a été sauvé, et on lui tourne le dos; il va en dire autant au sous-préfet, qui le re-

mercie froidement ; il regagne son
village ou sa maison de ville, en ser-
rant la main de toutes les personnes
qu'il rencontre, et disant à chacune :
«Je l'ai emporté, mais ce n'est pas sans
peine; j'en suis encore tout essoufé,
tout meurtri. »

Si le nom du candidat de l'opposition est sorti vainqueur du scrutin,
il y a un sauve-qui-peut général ; les
électeurs ministériels ressemblent
alors à ces chiens couards qui s'en-
fuient la queue entre leurs jambes.
Ils restent longtemps sans venir à la
sous-préfecture, et quand ils sont
forcés de s'y rendre, le sous-préfet
n'épargne pas les insinuations générales contre les agents du gouvernement qui profitent du secret du vote
pour manquer à tous leurs devoirs.

Après   l'électeur   fonctionnaire

vient celui qui demande des places. Celui-ci emploie ordinairement deux moyens pour atteinde son but : il se laisse prier et solliciter jusqu'à ce qu'on lui ait offert ce qu'il désire; ou bien il dit sans marchander : « Je vous vends ma voix et celles de mes parents pour tel emploi ; c'est à prendre ou à laisser. Le premier de ces électeurs est un jésuite qui laisse croire au candidat de l'opposition qu'il aura sa voix, tandis qu'il l'a vendue au candidat ministériel ; le second est un égoïste pour lequel l'intérêt général n'est rien.

Il arrive assez souvent qu'ils sont trompés l'un et l'autre, par exemple, si le candidat de l'opposition laisse son concurrent à son étude d'avocat ou à son poste de conseiller de Cour royale, ou si, malgré la nomination du candidat ministériel, le ministère tombe. Dans ce dernier cas, il y a pourtant quelques chances favorables à l'électeur qui a vendu ses voix; car, quand on est ministériel, on l'est sous M. Thiers comme sous M. Guizot, comme sous M. Molé; on le serait sous M. de Cormenin; on peut donc remplir un engagement pris.

Il s'est passé sous mes yeux, il y a quelques années, une scène assez curieuse pour être rapportée ici; ce que je vais raconter prouve pour la cent millième fois qu'il vaut mieux tenir qu'attendre une chose; on y verra d'ailleurs avec quelle déplorable facilité le ministère accorde les faveurs à l'occasion des élections.

Le fils d'une de nos grandes notabilités politiques, qui occupe une haute position à la Chambre des pairs et est très-bien en cour, se présenta aux électeurs d'un arrondissement et brigua leurs suffrages : c'était un homme nul sous tous les rapports ; mais le sous-préfet l'appuyait, selon les ordres du ministère.

Le second jour de l'élection, la position du candidat ministériel semblait désespérée, et l'on employait les grands moyens. Quelques voix furent gagnées ; on les avait payées très-cher, plus qu'elles ne valaient. Un électeur d'un village voisin fut appelé à la sous-préfecture, où se trouvait l'homme du ministère, et le colloque suivant s'établit entre eux :

« On m'a dit que vous faisiez ouvertement de l'opposition, et que vous disposiez de sept voix.

— Tout cela est vrai.

— Comment, vous, propriétaire aisé, vous soutenez des brouillons

qui veulent renverser le gouvernement et livrer le pays à l'anarchie !

— N'ayant aucun intérêt à voter
contre ma conscience, je suis avec les
hommes qui ont besoin de repos et de
liberté, et qui ne cherchent pas à fo-
menter des désordres.

— Que peut donc faire pour vous
le gouvernement ?

— Me donner la place de directeur
des postes de ma petite ville; elle est
vacante.

— D'après les bons rapports que
j'ai sur vous, je ne vois pas de difficulté à ce que cette place vous soit
accordée, et si je suis nommé....

— Je ne veux pas courir la chance
de votre élection. La place aujour-
d'hui, et mes sept voix sont à vous ;
sinon, je garde mon indépendance.

— Mais je ne puis vous nommer moi-même, et ma parole....

— Vous avez le télégraphe à votre disposition.

— Soit; mais quelle garantie me donnerez-vous?

— Ma parole d'honneur, à laquelle ma franchise doit donner quelque valeur. »

Sans réfléchir sur tout ce qu'il y avait à dire sur la parole d'honneur d'un homme qui mettait ainsi à l'enchère son vote et celui de ses parents, le candidat ministériel fit jouer le télégraphe, et, dans la journée, M. R.... fut nommé directeur des postes de sa résidence. Il m'a assuré lui-même qu'il avait tenu sa promesse scrupuleusement, mais la majorité fut pour le candidat de l'opposition.

Parmi les variétés de la race électorale, on trouve des tièdes et des exaltés. Voici une conversation que j'ai entendue ces jours derniers :

« La Chambre des députés est dissoute ; le pouvoir exécutif reste seul debout en présence de la souveraineté des électeurs.

— Oui.

— Le ministère, qui répond pour le pouvoir exécutif, se trouve sur la sellette et va subir le jugement du corps électoral, à qui la loi confère le droit de représenter tous les citoyens.

— Oui.

— Pourquoi le ministère s'est-il hâté de dissoudre une Chambre qui faisait son affaire à lui et ses affaires à elle?

— Je ne sais.

— C'est parce qu'elle était un tant soit peu indisciplinée, et qu'elle semblait supporter le joug ministériel avec impatience.

— C'est possible.

— Pourquoi les élections se font-elles le 9 juillet ?

— Je l'ignore.

— C'est parce que, dans les listes de 1841, il y a 25,000 électeurs sur 180,000, nombre total, qui sont morts, ou devenus invalides, ou absents de leur domicile, tandis que les fonctionnaires complaisants, qui voteraient pour le Grand-Turc, s'il le fallait, afin de conserver leurs places, sont toujours à leur poste, et que le gouvernement a gorgé d'emplois les électeurs bien pensants.

— Bah!

— Le 9 juillet, les négociants des grandes villes manufacturières, qui s'avisent de montrer quelque indépendance, sont retenus à la foire de Beaucaire.

— Tiens! j'ai été sur le point d'y aller.

— Les propriétaires, qui ne demandent rien au pouvoir et cèdent rarement à des influences ministérielles, sont occupés à la moisson. Il n'y aura guère que les fonctionnaires qui pourront se présenter aux élections.

— Cela se peut bien.

— Le 9 juillet est très-prochain; les hommes indépendants, qui veulent le bonheur de leur pays par le développement de nos libertés, par

2

le maintien de la force et de la dignité nationales, n'auront pas le temps de s'entendre, tandis que le ministère travaille depuis deux mois la matière électorale.

— Voyez-vous la ruse !

—Le 9 juillet, il n'y aura pas sur les listes 30,000 électeurs de la nouvelle génération (laquelle vaudra mieux que son aînée, ne vous en déplaise), qui, depuis le mois d'août 1841, ont le droit de voter, soit parce qu'ils paient le cens, soit parce qu'ils ont atteint l'âge de vingt-cinq ans. Ainsi, le 9 juillet, il y aura sur les listes 30,000 électeurs de moins qu'au mois d'octobre prochain, et aux colléges électoraux 60,000 électeurs de moins aussi. Toute la portion budgétaire de la France formera à peu près seule la Chambre dite élective.

— Oh! par exemple!

— Voilà les juges devant lesquels le ministère se présente. S'il était ainsi permis aux justiciables de choisir les magistrats qui doivent juger leurs affaires, les peintres n'auraient plus le droit, vous en conviendrez, de mettre de niveau les deux plateaux de la balance de dame Thémis.

— Oh! j'en conviens.

— Le ministère veut des députés serviles.

— Oui; je crois l'avoir lu dans *le Siècle.*

— Il ne tolère pas un seul acte de désobéissance.

— C'est un despote.

— Or, la Chambre élective, malgré sa peur et son culte à l'idole de la

paix, a osé s'opposer à la ratifica-
tion du traité sur le droit de visite.

— Et elle a bien fait, ma foi !

— Elle a voulu que le désarme-
ment maritime n'eût pas lieu.

— Cela nous coûte un peu cher;
mais si c'est pour notre bien.....

— La Chambre a été dissoute.

— Je le sais.

— Il faut à l'Angleterre la supré-
matie sur toutes les mers.

— Oh ! est-elle envahissante !

— Elle l'eût obtenue par le traité
du droit de visite et par le désarme-
ment de la flotte. La Chambre ne l'a
pas voulu.

— Vive la Chambre !

— L'instrument des volontés ministérielles pouvait devenir intelligent; on l'a brisé.

— A bas Guizot!... Mais êtes-vous bien sûr de réussir?... car je ne sais pas pourquoi je me laisse ainsi aller à l'enthousiasme, en vous écoutant.

— Il faut que les électeurs patriotes acceptent le combat. La fortune, vous le savez, favorise souvent les audacieux; la victoire n'en aura que plus de prix si elle leur reste, et, dans cette lutte de la loyauté contre la ruse, l'astuce, l'intrigue, la fraude, ils vaincront peut-être un contre quatre.

— Ils vaincront, ils vaincront; mais si leur victoire doit amener des troubles, je n'en suis pas; car enfin nos affaires vont assez bien.

— Aujourd'hui, peut-être; mais dans l'avenir tout est sombre.

— Nous dormons donc sur un volcan ?

— Regardez à l'intérieur : vous verrez l'avenir succomber sous le poids d'une dette de plusieurs milliards, qui amènera une catastrophe, car les prodigalités toujours croissantes nous grèvent tout les ans sans nous laisser l'espoir de nous libérer. Le peuple souffre, il est écrasé par les impôts, et il reste à la merci de tous les exploitateurs du siècle.

— Je vous prie de croire que mes ouvriers....

— Vos ouvriers, passe; mais ils ne forment pas la millionnième partie de ceux qu'il y a en France. TIMON vous a dit les charges que le budget faisait peser sur tous les contribuables, et dont vous avez votre bonne part; mais voici des impôts qui se paient en dehors du budget de l'État, impôts d'autant plus lourds qu'ils frappent plus fortement sur le pauvre, et sont tout à fait en opposition avec la lettre et l'esprit de cette Charte dont on se sert contre nous et jamais pour nous, mais qui veut que chacun contribue aux charges publiques dans la proportion de sa fortune.

— Si la Charte dit cela, certainement on ne l'exécute pas, car mes ouvriers paient 20 francs de droits pour une barrique de vin de 20 fr., et dans les grandes maisons on ne paie que 20 fr. pour une barrique qui vaut 5 à 600 fr.: l'un donne 100 pour 100, c'est le pauvre; l'autre 4 pour 100, c'est le riche.

— Outre les contributions indirectes, qui s'élèvent à 770 millions, ce qui fait 23 fr. 35 c. par individu, le peuple paie, dans les villes, en droits d'octroi partout exagérés, environ

20 fr. par personne; total, 43 fr. 35 c.
Or, un ouvrier qui, bon an mal an,
gagne 700 francs, est obligé de pré-
lever sur cette modique somme, s'il
a une famille de cinq à six membres,
216 fr. 75 c. ou 260 fr. 10 c.; ajoutez
à cela le prix du loyer, et vous verrez
s'il lui reste de quoi acheter du pain.
Le ministère a-t-il jamais cherché les
moyens d'alléger les charges publiques? Non; il les élève tous les ans.

— J'en sais quelque chose.

— Il lui faut des sommes énormes
pour les fonds secrets de police, dont
la police ne touche rien, pour les gros
salaires des gros employés, pour des
dépenses multipliées à l'infini, et qui
forment dans le budget une variété
de chapitres qui embrouille le député
économe et séduit le député budgéti-
vore.

— Mon cher, une affaire pres-
sante.....

— Regardez à l'extérieur : avec
l'argent que vous donnez, et qui
épuise la France, le ministère a-t-il
soutenu la dignité nationale et con-
servé quelque influence au dehors?
Non; il a rabaissé la France aux yeux
de l'Europe, et l'a humiliée par des
concessions qui ont justement blessé
l'orgueil national.

— Permettez que...

— Le ministère a abandonné l'E-
gypte, dont l'alliance assurait notre
prépondérance sur la Méditerranée.

— Pardon, mais...

— Sa parole n'a plus aucune valeur à Constantinople.

— J'en suis bien fâché, mais...

— Les roitelets d'Italie dédaignent son alliance.

Les puissances du Nord nous croient déchus de cette grandeur qui avait intimidé l'Europe en 1830, parce qu'elles confondent le ministère avec la nation.

L'Angleterre dicte des traités à M. Guizot, tout comme si l'homme de Gand occupait un poste au cabinet de Saint-James.

On a fait oublier à l'Espagne toute la reconnaissance qu'elle nous devait.

— Adieu, touchez là ; au revoir. Je voterai contre M. Guizot, je vous le promets. »

Si cet électeur, d'abord si tiède, allait voter en quittant l'orateur qui vient de remonter son moral, il donnerait sa voix au candidat de l'oppo-

sition; mais, quelquefois, ces premiè-
res impressions s'effacent, et sont at-
ténuées par les obsessions des agents
du ministère.

L'électeur dont les opinions politiques ne sont pas bien connues éprou-
ve plus de tribulations que celui
qui a manifesté publiquement des
sentiments favorables ou hostiles au
ministère. Le premier est sans cesse
obsédé; chacun veut l'entraîner dans
son parti; on le tiraille, on l'assomme;
il n'a pas un moment à lui, et s'il
ferme la porte aux solliciteurs, ils entrent par la fenêtre; il voudrait être
à quinze cents mètres sous terre. L'un
lui vante les vertus et le libéralisme
de M. Guizot, et lui raconte les campagnes du maréchal Soult; il appelle
M. Thiers un babillard et un santeur,
et M. O. Barrot un révolutionnaire;
l'autre lui rappelle les actes politi-

ques de M. Guizot, son voyage à
Gand, ses pasquinades sous la Restauration, ses ordres impitoyables et sa
prédilection pour l'étranger; il lui
parle de la justification publiée par
M. Soult après la chute de son bien-
faiteur, etc., etc. A la ville, à la campagne, partout il est assailli; il a
vingt fois le projet de vendre toutes
ses propriétés ou de quitter son commerce pour ne plus être électeur.

Je connais des électeurs, et le
nombre en est assez considérable,
qui promettent leur voix à tous ceux
qui vont la solliciter; puis, ils ne se
rendent pas au collége, ou, s'ils y
vont, ils votent selon les inspirations
de leur conscience; quelques-uns se
font ensuite un mérite d'avoir donné
leur voix au député qui a été élu.

Les électeurs de la campagne sont
ceux, en général, qui montrent le

plus de bon sens et de tact dans le choix des députés, et c'est là une chose digne de remarque. A de tels hommes on ne peut promettre que des subventions pour leurs églises ou pour leurs écoles, quelques réparations aux chemins vicinaux; eh bien, ils sont peu touchés de ces promesses. Ils écoutent attentivement tout ce qu'on leur dit, et se décident pour le candidat qui présente le plus de garanties d'indépendance. Ceci ne prouve rien contre les lumières; seulement, on peut en tirer la conséquence que plus un homme est instruit et policé, plus il présente de parties vulnérables à la corruption; on ne le trompe pas, mais on le séduit; il sait où est le bien, où est le mal, et il est honnête ou vicieux en connaissance de cause.

Tous les partis, toutes les nuances

d'opinion se reflétent dans le corps électoral : il y a des républicains exaltés et modérés, des légitimistes carlistes ou henriquinquistes, des opposants des nuances Barrot, Thiers, des philippistes exaltés et modérés, des ministériels par intérêt et des ministériels pur sang.

Les radicaux s'en vont criant partout :

— Electeurs, mettez la main sur le cœur, comme si vous étiez tous des jurés probes et non choisis, et interrogez vos consciences.

Fonctionnaires, montrez-vous, si vous le pouvez, hommes de cœur, sous la protection du carton qui cache vos votes.

Militaires et marins, le rouge vous est monté au front en voyant les humiliations que le ministère a fait subir à la France; soutiendrez-vous des hommes qui ont voulu désarmer, et qui usent de tous leurs moyens pour étouffer l'esprit militaire en France? Et vous, armateurs et capitaines marins, voudrez-vous voir toutes les mers se fermer à vos pavillons, et vos navires exposés à toute sorte d'avanies?

Propriétaires, cultivateurs, qui n'avez pas de faveurs particulières à demander au pouvoir, quittez vos champs pour prendre part à la lutte électorale; car il vous faut un ministère qui donne des débouchés à vos produits, puisqu'il ne veut pas de vos denrées en payement de l'impôt, et que vos vins encombrent vos celliers.

Vous tous, électeurs des villes et des campagnes, vous avez une grande et sainte mission à remplir!

Vous avez à renverser un ministère impopulaire, anti-national, qui écrase d'impôts les masses au profit d'une petite minorité;

Qui gouverne au profit de l'étranger;

Qui, par ses tendances, recule vers la Restauration;

Qui se sert de la Charte comme d'un instrument à double tranchant, l'invoquant lorsqu'elle peut lui être favorable, la dédaignant lorsqu'elle n'est pas utile à son projet;

Qui brise la presse nationale;

Qui dénature l'institution du jury;

Qui a peur des gardes nationales, parce qu'elles sont instituées pour maintenir l'ordre *légal* et pour veiller sur nos libertés;

Qui est enfin un obstacle à toute

réforme, à toute amélioration, à toute économie.

Les légitimistes ne sont pas moins exaltés que les radicaux, mais ils sont plus timides, et ils se disent toutes ces choses au tuyau de l'oreille.

Les hommes de la gauche ont un langage plus modéré; il y a chez eux plus de chaleur dans la tête que dans le cœur. Vous les entendez dire aux électeurs :

Fonctionnaires publics, demandez-vous si le maintien de ces hommes (Guizot, Soult et compagnie) au pouvoir ne doit pas nécessairement amener tôt ou tard une révolution nouvelle, à bannière blanche ou rouge, qui vous privera de vos emplois, tandis que la chute de ce cabinet de girouettes ouvrirait les portes du ministère à d'autres hommes qui calmeraient les esprits et vous feraient jouir longtemps d'un repos et d'une sécurité exempts d'inquiétudes.

Fabricants, négociants, marchands, voyez s'il vous est agréable d'attirer encore sur la France un bouleversement qui changerait toutes les positions, et qui est inévitable sous M. Guizot comme il le fut sous M. de Polignac, car c'est tout un.

Les hommes de la nuance *centre gauche* vont partout disant : Prenez mon ours (l'ours, c'est le petit Thiers); car

Si la farine est chère, on le doit à Voltaire,
Si nous buvons de l'eau, c'est la faute à Rousseau.

Ceci est très-facétieux; c'est une improvisation renouvelée des Grecs, et faite par un de mes amis qui a cherché vainement à encadrer dans ces vers les noms de Soult et de Guizot ; le dernier pouvait bien remplacer le nom de Rousseau, seulement parce qu'il a deux syllabes, expliquons-nous bien, mais le premier ne peut pas s'encadrer, et celui qui le porte ferait bien d'aller planter des choux et des carottes dans son château de Saint-Amans ; ce serait un moyen comme un autre de se rendre utile au pays.

Les philippistes exaltés font le contre-poids des radicaux ; ils entrent dans une grande fureur dès qu'ils entendent prononcer un mot, fût-il à double sens, une simple insinuation contre leur idole.

Je vous ai parlé des ministériels par intérêt, ce sont ceux qui courent après la curée des places.

Quant aux ministériels pur sang,

on n'en trouve plus qu'un sur mille dans le corps électoral; c'est une espèce qui se perd; nous prions MM. les naturalistes de se hâter d'en faire momifier quelques-uns, afin que la postérité jouisse du bonheur de les voir catalogués dans les collections des animaux rares et curieux.

L'électeur réformiste ou réformateur a pris sa place depuis quelques années dans les variétés du genre. C'est, en général, un homme honnête et de bon sens, mais parfois assommant, parce qu'il ne parle jamais, quand on a le malheur de lui céder la parole, que de sa chère réforme, et sa chanson a toujours le même refrain. Comme elle n'ennuie pas la première fois qu'on l'entend, et que peut-être vous ne la connaissez pas, je vais vous la réciter.

Il y a deux réformes essentielles

à opérer dans la loi électorale; électeurs, c'est de vous que dépendent ces réformes.

Ainsi, n'élisez pas des fonctionnaires publics qui ne sont pas parvenus au plus haut grade dans le corps auquel ils appartiennent, parce qu'ils ont encore quelque chose à demander au pouvoir; n'envoyez pas à la Chambre des hommes arrivés à ce sommet et dont la place n'étant pas inamovible dépend d'un caprice ministériel.

Vous vous plaignez de l'énormité du budget et vous remplissez la Chambre élective des hommes qui vivent du budget, et qui se gardent bien d'en diminuer le chiffre.

Vous voulez avoir des députés vertueux, et vous ne leur imposez pas l'obligation de ne rien accepter du pouvoir pendant la durée de leur mandat, et moins de deux ans après son expiration.

Il ne faut jamais placer un homme entre son intérêt et son honneur, vous le savez.

Voilà pour la réforme appelée parlementaire, parce qu'elle touche de plus près la composition du parlement ou de l'une des deux Chambres législatives.

Quant à la réforme électorale, vous l'obtiendrez lorsque vous exigerez de votre candidat l'obligation formelle de la proposer ou de l'appuyer.

En règle générale, tout citoyen qui paie une portion des dépenses de l'État a un intérêt direct à choisir les mandataires qui votent l'impôt; comme membre de la grande société, il doit veiller à ce que les libertés publiques ne soient pas confisquées au profit du petit nombre, les places données à des privilégiés. Il est donc juste d'attribuer à chaque contribuable une part active dans les élections, afin qu'il puisse concourir au choix des représentants chargés des affaires de tous.

Les privilégiés objectent en vain que, fournissant la plus grande part de l'impôt, ils sont, plus que les autres citoyens, intéressés à ce que les dépenses publiques ne soient pas exagérées. Cela n'est pas exact; celui à qui on demande 1,000 francs sur 15,000, chiffre de son revenu annuel, n'est pas aussi froissé par l'impôt que celui qui prélève 50 francs sur les 750 qui suffisent à peine à nourrir sa famille.

Mais ce principe est encore plus

faux quand c'est un petit nombre de riches qui vote l'impôt, car il l'éloigne de la propriété foncière pour le reporter sur les impôts indirects, dont le riche et le pauvre fournissent par tête une somme égale, contrairement à la Charte-Vérité.

Qui ne sait d'ailleurs qu'une aristocratie resserrée, peu nombreuse, maîtresse du gouvernement, multiplie les places, les rétribue immodérément, parce qu'elles lui reviennent. Qu'importe alors qu'on donne d'une main 1,000 francs si d'une autre on en reçoit 10 ou 12,000, et si une famille reçoit de l'État 30 à 40,000 fr. d'appointements par an?

Mais si de ces données toutes financières nous nous élevons plus haut, si nous considérons dans son ensemble la société avec tous ses ressorts, toutes ses conditions d'existence, à

achète ; car ils ne comprennent pas pourquoi on ne paie pas le public pour compenser l'ennui que lui cause la lecture de certains livres à la mode.

Enfin, l'électeur est gratifié de petits carrés de papier, qui contiennent chacun le nom d'un candidat parfaitement imprimé, et qui lui sont gracieusement offerts à l'entrée de la salle d'assemblée par des crieurs publics ou des commissionnaires postés sur son passage.

Il y a .des électeurs qui sont toujours arrivés les premiers à la salle de l'assemblée ; le garçon de bureau n'a pas encore épousseté les tables et arrangé le fauteuil de M. le président qu'ils sont à leur poste ; ce sont les électeurs fonctionnaires publics ou chefs de parti. En revanche, il en est d'autres qui ne peuvent jamais quitter leur maison pour aller voter ; on fait appel et contre-appel sans qu'ils répondent, et il faut leur envoyer dix émissaires pour les arracher au *far niente* ou à leurs occupations.

Les fonctionnaires et les chefs de parti sont là, attentifs à tout ce qui se passe, la loi à la main, prêts à réclamer à la moindre infraction ; ils sont munis d'un crayon et d'un cahier de papier pour inscrire tous les accidents, et pour tenir note des absents, afin de leur dépêcher des émissaires.

Si vous avez le fâcheux avantage d'être parmi les plus âgés ou l'agrément de vous trouver parmi les plus jeunes, on vous fait monter au bureau pour être scrutateur, fonction excessivement ennuyeuse, et qui ne vous permet ni de prendre l'air si vous suffoquez, ni de prendre la moindre nourriture si vous avez faim ; aussi l'électeur prudent, qui se trouve dans une des deux catégories dont je viens de parler, se garde bien d'arriver avant la constitution du bureau, s'il peut s'en dispenser sans compromettre sa place, s'il en a une, ou sans s'exposer aux vexations des hommes de son parti.

Lorsque le président annonce que le dépouillement du scrutin va avoir lieu, il y a un frémissement général ; mais bientôt chacun retient sa respiration et écoute les noms qui sortent de l'urne. En ce moment les meneurs se divisent en deux camps ; les uns montent derrière le bureau pour s'assurer si le président sait ou veut bien lire, ce qui n'est pas poli, sans doute, mais ne manque pas de bon sens ; les autres inscrivent le nombre de voix obtenu par chaque candidat.

Le scrutin a des phases si diverses que souvent le même nom sort vingt fois de suite, tandis qu'il ne se trouve sur aucun des trente bulletins suivants. Alors vous voyez le sourire ou la moue prendre possession alternativement des lèvres de certains électeurs.

Enfin, un nom obtient la majorité; alors, ce résultat est annoncé aux curieux du dehors par de petits billets lancés par les croisées, et des électeurs prennent leur course pour être les premiers à complimenter l'élu.

L'électeur prête serment à chaque élection; de sorte que ce serment se renouvelle huit ou dix fois tous les ans; il jure *fidélité au roi des Français, obéissance à la Charte constitutionnelle et aux lois du royaume;* mais il est bien entendu que la fidélité ne s'entend que du roi qui règne et tant qu'il règne, car, chaque fois que nous avons changé de roi, on nous a fait prêter le même serment, et il y a des gens qui, tout compte fait, en ont prêté vingt-six différents depuis le règne de Louis XVI jusqu'à ce jour. Quant à l'obéissance, il est bien sous-entendu qu'elle est due à la charte du jour et aux lois en vigueur, ce qui n'empêchera personne de jurer pour la charte de demain, puis pour celle d'après-demain, et pour les lois qui changeront celles qui existent; sans cela, comme nous avons plus de lois qu'il ne nous en faut, nous n'aurions pas besoin de mandataires chargés d'en fabriquer de nouvelles, ou d'abroger celles qui existent pour en mettre de plus mauvaises à leur place.

A l'approche des élections générales, il se forme à Paris des comités électoraux, un pour chaque nuance de l'opposition. Autrefois ces comités étaient très-actifs ; aujourd'hui, ils plantent leurs drapeaux et restent l'arme au bras et immobiles, à l'ombre qu'ils projettent, attendant qu'on leur demande des candidats; pas un émissaire ne va battre le rappel dans les départements et rassembler les patriotes, dont les efforts isolés sont perdus pour la cause sainte. Les comités lancent des circulaires, et attendent des défaites avec un stoïcisme prodigieux.

Oh! Garnier-Pagès n'agissait pas ainsi! Puissent son souvenir et sa grande ombre inspirer les patriotes!

Où est donc la Société *Aide-toi, le ciel t'aidera*, avec ses mille correspondants, battant à elle seule le ministère le plus corrupteur?

Hélas! hélas! elle avait survécu

aux lois de septembre et s'est ense-
velie avec Garnier-Pagès !

Les Anglais ont dit des membres
de la Société Abolitionniste de Paris:
Ce sont des sociétaires à un discours
par an ; faudra-t-il appeler les membres des comités parisiens , des sociétaires à une circulaire par quatre
ans?

Il se forme aussi des comités dans
chaque chef-lieu d'arrondissement;
ceux-là sont actifs et préparent de
rudes tribulations aux pauvres électeurs. Si vous êtes malade , ils vous
envoient vingt émissaires pour vous
arracher de votre lit et vous accom-
pagner à l'assemblée électorale , au
risque d'avoir une sueur rentrée ou
tout autre accident qui peut vous
tuer ; mais vous aimez mieux mourir
encore de cette manière , car c'est la
mort glorieuse du champ de bataille,

que succomber sous les obsessions intolérables dont vous êtes écrasé. Si vous êtes perclus, on met à votre disposition un bon cabriolet, et quatre grands garçons vous portent en triomphe jusqu'au tabouret placé devant la petite table où s'écrivent les votes.

Cachez vous bien si vous ne voulez pas être découvert par les furets du comité; si vous n'avez pas un souterrain inconnu ou une cachette dans l'épaisseur du mur, vous serez infailliblement découvert. Une fois, on trouva un électeur qui s'était blotti dans la caisse d'une ancienne pendule, en voyant venir les émissaires du comité.

— Que faisiez-vous donc là? lui demanda-t-on.

— Je... je me promenais, répondit-il en balbutiant.

Les femmes jouent un certain rôle dans les élections. Les grandes dames vont chez leur épicier, chez leur cordonnier, chez le boulanger, chez le boucher. Elles leur disent tout naïvement : « Nous voulons que monsieur un tel soit nommé député ; si vous ne votez pas pour lui, vous perdrez notre pratique. »

L'épicier, le cordonnier, le boulanger et le boucher, promettent leur voix au candidat de chacune de ces charmantes solliciteuses, et puis ils laissent à leur plume le soin d'écrire le premier mot venu.

En Angleterre, ces démarches ont plus de succès qu'en France, parce que le vote est public, et que les grandes maisons dépensent jusqu'à 10,000 fr. dans un seul magasin ; alors les fournisseurs examinent les comptes de leurs pratiques, et se décident à voter pour celles qui font le plus de dépense et qui paient le mieux les mémoires.

En général, on met aux trousses de l'électeur sa femme, sa mère, ses filles, et ses maîtresses, s'il en a; on le fait harceler de jour et de nuit; les uns promettent des places qui augmenteront le bien-être de la maison et permettront aux femmes de renouveler plus souvent leurs robes et leurs chapeaux; d'autres s'adressent aux grands sentiments de certaines femmes qui voudraient avoir sur l'Etat l'influence qu'elles ont sur leur famille. L'élection de tel ou tel candidat est souvent le prétexte pour arranger certains mariages.

Les éligibles se trouvent classés parmi les électeurs qui paient le plus d'impôts; c'est une classe curieuse à étudier, et je suis fâché de n'avoir pas assez d'espace pour la mettre sous le scalpel.

> Telle femme se croit sultane favorite,
> Un jeune abbé prélat, le prélat.....
> Il n'est pas jusqu'au jeune soldat
> Qui ne se soit un jour cru maréchal de France,

Ainsi sont faits les éligibles; il n'en est pas un qui ne songe à la députation dans ses rêves, et chacun dit à sa femme et à ses enfants : « Pourquoi ne serais-je pas le représentant de mon arrondissement ? J'ai toute l'étoffe d'un député; je vaux bien monsieur un tel qui se pavane à la Chambre, partageant son temps entre le sommeil et l'inattention la plus soutenue; qu'est-ce que je dis ? je vaux beaucoup mieux que lui. Nous verrons, nous verrons! j'ai parlé à quelques amis, je puis compter sur eux.» Et là-dessus notre homme bâtit des châteaux en Espagne. Le jour de l'élection, son nom sort une fois de l'urne ; c'est lui-même qui l'a écrit sur son bulletin. Il rentre chez lui maudissant les amis, et se promettant d'être plus heureux aux élections prochaines ; il se berce ainsi toute sa vie d'un espoir trompeur, ce qui ne l'empêche pas de bien dormir, d'être bon père et bon époux, de faire ses trois repas et d'engraisser considérablement.

Mais cet excellent éligible ne dépenserait pas un centime pour avancer ses affaires ; son ambition lui donne le plaisir de l'espérance et ne lui coûte rien.

Un jour, un riche propriétaire vint solliciter ma voix ; je lui fis observer que j'avais déjà pris des engagements, et qu'il se mettait sur les rangs un peu tard. « Si vous voulez être député, lui dis-je, donnez pendant cinq ans des dîners et des fêtes à la ville et à la campagne ; dépensez tous les ans vos 60,000 f. de revenu, et vous assurerez votre élection—C'est trop cher, me répondit-il ; mon budget de dépenses ne dépassera jamais 6,000 f. — Alors, donnez votre superflu aux pauvres, et vivez heureux.—Je le garde mon superflu, et je vis heureux.»

J'ai vu un éligible qui est parvenu à se faire nommer député en faisant ses affaires lui-même et sans intermédiaire. La position était à peu près vacante, il s'en empara par ruse et par audace.

Quelque temps avant l'élection, on le voyait dans les groupes d'exaltés prêcher le progrès ; le matin, il s'agenouillait longtemps dans les églises, où les exaltés ne le voyaient pas, par une raison toute simple : ils n'y vont pas ; le soir, à la brune, il allait faire sa cour au sous-préfet. A mesure que le jour de l'élection approchait, il allait faire des tournées électorales, disant aux hommes de la gauche : « Vous savez que je suis dans le progrès; » aux légitimistes : « N'oubliez pas que j'ai été élevé dans un pensionnat dirigé par les Jésuites; » aux ministériels : « Le sous-préfet a dû vous parler de moi. »

Bref, cet homme fut nommé député. En vérité, il n'est pas sorti de sa nullité; étant le produit de trois espèces différentes, il louvoie dans toutes les eaux, évite de prendre une couleur, et peut se classer dans cette variété du genre député qui ne peut faire ni le bien ni le mal; véritable monstre improductif qui se range indifféremment sous le drapeau tricolore, comme il se rangerait sous le drapeau blanc et sous le drapeau rouge.

L'électeur n'est pas seulement chargé de fabriquer les députés qui manipulent le budget et la législation, qui se passent réciproquement la rhubarbe et le séné, c'est-à-dire les places et les appointements ; il faut encore qu'il juge les criminels, à raison de 5 ou 6 francs par jour, le quart de ce qu'il dépense et le dixième de ce que son absence lui fait perdre.

A mesure que les préfets effacent de la liste du jury les hommes *improbes et inintelligents*, tels que les journalistes, les Républicains, les Carlistes, les Barotistes, les Thiersistes, etc., le nombre des jurés *probes*, *intelligents* et *libres* diminue considérablement, et le moment va venir où la corvée d'une session d'assises se renouvellera tous les trois mois pour les pauvres électeurs que M. le préfet daignera choisir.

Le gouvernement nous semble avoir

mal calculé, car il peut arriver que, pour se soustraire à la mission de juger leurs semblables (j'entends les hommes comme hommes et non pas comme accusés), les électeurs-jurés, qui sont aujourd'hui *bien pensants*, ne deviennent ultra-républicains, carlistes, etc. Voilà ce qu'on gagne à presser les lois pour en faire sortir un suc qu'elles ne renferment pas.

L'électeur est donc convoqué pour faire partie du jury qui se réunit au chef-lieu du département; dans cette circonstance solennelle, il ouvre le code, non pas pour y étudier les lois, il n'en a pas besoin pour être juge, il lit seulement les articles qui dispensent les jurés de se rendre à l'aimable invitation de M. le préfet. Mais il n'est pas septuagénaire, il n'est pas malade, et aucun médecin ne veut lui délivrer un certificat de maladie;

et puis il voit que, s'il manque à l'appel, il s'expose à une amende de 500 francs. Il se résigne donc. En parcourant les articles du Code, il trouve une compensation, car il lit que *S. M. se réserve de donner, aux jurés qui auront montré un zèle louable, des témoignages honorables de sa satisfaction.* Il se dit alors : « Bon, je serai décoré. » Il y a seulement une petite difficulté : c'est que S. M. n'use pas souvent de la réserve que le législateur a placée dans le Code d'instruction criminelle de 1810.

Arrivé au chef-lieu du département, l'électeur-juré fait sa visite au préfet; puis, si le sort ne l'appelle pas à siéger dans les affaires de la journée, il va promener son ennui dans les rues de la ville et flâner devant les magasins, où il n'achète rien, car il est économe jusqu'au dernier jour.

Il y a des jurés qui ont le talent de se faire récuser dans toutes les affaires, et ils ne se chargent pas la conscience d'un acquittement de complaisance, ni d'une condamnation dont l'avenir se plaît quelquefois à démontrer l'injustice; funeste erreur qui tue un homme innocent que le procureur du roi a noirci au point d'embrouiller toutes les consciences.

D'autres ont le malheur d'être de toutes les affaires; ils ont à peine le temps de prendre leurs repas, et, s'ils ont l'âme timorée, ils ne dorment plus, parce qu'ils craignent de s'être trompés.

Les jurés ont horreur, en général, des réquisitoires de MM. du parquet et des plaidoyers ampoulés des avocats. Les uns répètent dans chaque affaire les mêmes phrases; ils ton-

mieux voir tomber une tuile sur son épaule qu'une nomination de répartiteur dans sa main. Sans doute, il peut diminuer ses contributions et celles de ses parents et de ses amis, mais combien ces avantages sont achetés chèrement !

D'abord, feu M. Humann fait recenser sans les répartiteurs; mais c'est à ceux-ci que les contribuables s'en prennent de l'augmentation qu'éprouvent les cotes du foncier, des patentes, du mobilier, des portes et fenêtres. Après les avertissements, les pétitions pleuvent de toutes parts; sur mille contribuables, il y en a neuf cent cinquante-six qui pétitionnent. Le gouvernement se frotte les mains, parce que c'est d'abord neuf cent cinquante-six feuilles de papier timbré qu'il vend et dont il empoche le montant; puis, comme il faut solder les termes échus et en joindre la quittance à la réclamation, sous peine de la voir rejetée sans examen, c'est toujours de l'argent qui entre au trésor et qu'on a bien de la peine à se faire restituer. Le montant du timbre consommé en pétitions cette année a dû dépasser un million.

Mais le répartiteur ne gagne rien à cela, si ce n'est de voir sa maison remplie de contribuables peu aimables et de fort mauvaise humeur, depuis sept heures du matin jusqu'à neuf heures du soir, et de visiter neuf cent cinquante-six maisons ou propriétés rurales, ce qui lui prend les trois cent soixante-cinq jours et une partie des trois cent soixante - cinq nuits de l'année.

Ce qu'il y a de mieux à faire pour éviter une partie de ces tribulations, c'est d'aller passer son temps à la campagne, de s'y enfermer à triple tour de clef et de verrou, et de signer de complaisance ce qu'on appelle *avis de MM. les répartiteurs*, et qui n'est que l'avis d'un employé de la mairie. Quelques répartiteurs de mes amis l'ont fait ainsi, et s'en sont bien trouvés. Il y a beaucoup à dire sur leur conduite; mais, enfin, ils n'ont pas gagné, par vingt-cinq ans de travail, de quoi payer 2 ou 300 francs de contribution pour être les galériens de la chose publique.

Faites-moi le plaisir de me dire, après cela, s'il y a quelque agrément à être électeur, et s'il ne vaut pas mieux, mille fois mieux, ne pas payer d'impôts, d'abord parce que c'est moins cher, et puis on est moins emb....., je veux dire ennuyé, harcelé, tracassé, tourmenté, et tous les mauvais participes ou adjectifs qui finissent en *é*.

Encore si c'étaient là toutes les tribulations, on passerait une année de sa vie à chercher le moyen de les éviter; mais elles se reproduisent sous toutes les formes, à tous les instants, et lorsque vous avez vaincu une difficulté, il s'en présente une autre, dix autres. Ainsi, vous aviez oublié que vous étiez électeur des conseillers de département, d'arrondissement, etc., etc.; tous les jours une convocation ou des solliciteurs vous le rappellent.

En général, l'électeur ignore parfaitement ce qu'est un conseiller de département, et quelles sont ses attributions. Il a lu dans quelque journal que ces messieurs font des vœux, et il n'attache pas beaucoup d'importance au choix des hommes qui se chargent de ce plaisir innocent. Il y regarderait à deux fois certainement s'il savait que ces conseils grèvent de plusieurs centimes additionnels le total de ses contributions, et qu'ils ajoutent 50 et 60 fr. à une cote de 300 fr., selon le bon plaisir du préfet et les exigences des besoins départementaux. Le budget d'un département dépasse quelquefois 1 million en dépenses ordinaires et extraordinaires, et je ne puis pas vous nommer jusqu'à trois électeurs qui aient vu un budget départemental. Le conseil général est aussi chargé de la répartition des contributions entre les arrondissements; enfin, il forme des vœux qui sont rarement exaucés. Les intrigues sont mises en jeu, à l'occasion de la nomination des membres de ce conseil, par quelques ambitieux qui cherchent un piédestal à leur future fortune, et l'électeur est encore harcelé par les partisans de chaque concurrent, qu'il a bien envie d'envoyer se promener, parce qu'il ne comprend pas qu'on brigue ces places et qu'on le tourmente pour si peu de chose.

Parlez à l'électeur des membres du conseil d'arrondissement ; il vous dira : « Que font ces messieurs ? » Cependant c'est lui qui les nomme. Voici ce que je répondis un jour à une semblable question :

Ces messieurs signent des vœux rédigés par un employé de la sous-préfecture, et demandent au conseil général beaucoup de choses diverses que celui-ci ne peut leur accorder, parce qu'il ne dispose pas du budget de l'Etat : cela s'appelle la première partie de la session. Cette session n'est ni longue ni fatigante ; on se réunit à la sous-préfecture, où l'on déjeune rarement, parce que les sous-préfets de la révolution de juillet ne jettent ni le lard aux chiens ni des déjeuners aux conseillers d'arrondissement; on écoute la lecture du procès-verbal qui est rédigé à l'avance, on signe et l'on se retire.

Un mois après, le conseil est encore convoqué, pour répartir les impôts entre les communes de l'arrondissement; on écoute la lecture du procès-verbal et du tableau de répartition, qui sont rédigés à l'avance; on signe et l'on se retire. Si quelqu'un prend la parole pour demander que son canton soit dégrevé, chacun en demande autant, et, comme on ne peut pas plus aujourd'hui que du temps de La Fontaine contenter tout le monde, le procès-verbal n'est pas modifié.

Après cela, que voulez-vous que fasse un électeur lorsqu'il s'agit de nommer un nouveau conseil d'arrondissement ? Il est encore harcelé et tourmenté, comme d'habitude, et ne sait à qui donner sa voix pour que le mandat dont je viens de parler soit rempli à la satisfaction du candidat et du sous-préfet ; car pour le public il n'a rien à voir dans les travaux du conseil d'arrondissement.

Vient l'époque de la nomination des conseillers municipaux. Oh ! ici l'électeur sait bien de quoi il s'agit. Vous croyez peut-être que les hommes de parti restent en dehors de cette élection, qui semble au premier aspect n'avoir rien de politique ; détrompez-vous alors, et venez assister avec moi aux scènes qui précèdent le jour des assemblées électorales.

Allons d'abord au comité de l'opposition... Ah ! voilà un orateur qui parle..... écoutons :

— Il s'agit, messieurs, de désigner le candidat qui doit être porté dans la première section. Mais, d'abord, permettez-moi de vous présenter quelques considérations générales sur l'élection. On dit qu'il faut éloigner d'ici la question politique. Pourquoi cela? Est-ce que le maire et les adjoints pris dans le conseil municipal ne sont pas nommés par les ministres ou par le préfet? S'il n'entre dans le conseil que des hommes qui partagent vos opinions, vous aurez forcément pour premier magistrat quelques-uns de ces hommes (applaudissements). Est-ce que les conseils municipaux ne sont pas brisés quand ils font de justes remontrances au pouvoir, et cajolés quand ils envoient des adresses courtisanesques? et cependant la loi ne leur permet ni l'une ni l'autre démarche. Si le pouvoir central absorbe les pouvoirs locaux,

qui nous défendra contre ces empiè-
tements trop fréquents ? Sera-ce un
conseiller dévoué au ministère ?
(Bravo !) Vous voyez, messieurs, que
la politique est partout, elle domine
tout, et il faut se soumettre à cette
nécessité.

Je propose M. Lambert ; c'est un
homme d'énergie et ferme dans ses
opinions. Ce n'est pas un flambeau,
mais il a du bon sens.

Approuvé ! approuvé !

Après ce discours, on distribue à
chacun une liste de noms, et le len-
demain les membres du comité se
mettent en campagne pour traquer
les électeurs de leurs quartiers res-
pectifs, auxquels ils ne laissent pas
un moment de repos.

Les intrigues, les cabales, les insinuations, les calomnies, tout est mis

en œuvre pour l'élection des conseillers municipaux. Ces fonctions sont très-recherchées; c'est une position que bien des gens envient; plus un homme est nul et bête, plus il recherche un tabouret dans la municipalité.

Lorsqu'on brigue les suffrages des électeurs, on promet à la fois de l'économie dans les dépenses communales, et de grandes dépenses pour les travaux qui peuvent intéresser l'électeur dont on sollicite la voix. J'ai calculé une fois combien il faudrait d'argent pour exécuter tous les travaux promis par une circulaire électorale, et j'ai reconnu que les revenus de la commune pendant cinquante ans nesuffiraient pas pour solder le montant des ouvrages que l'on devait faire exécuter en trois ans.

L'électeur municipal a, en général,

un gros bon sens qui le tient en garde
contre tous les piéges qu'on lui tend.
Homme du peuple, il sent que le
peuple doit être surtout représenté
dans les conseils de la commune, et
l'expérience a prouvé qu'il avait raison partout où elle avait été faite.
J'en vais citer un exemple :

Dans une petite ville, on avait élu
des radicaux à l'exclusion de tous
autres ; grande fut la colère du sous-
préfet ; il y eut dissolution, puis réé-
lection accompagnée du cortége obligé de manœuvres officielles et oc-
cultes. Les mêmes conseillers furent
choisis ; force fut alors de prendre un
maire et des adjoints parmi eux, et
de plus d'approuver un budget por-
tant un vote d'une somme pour abon-
nement au *Journal du Peuple*.

Eh bien, ce conseil municipal a

fait des merveilles, et les électeurs en sont tout ébahis. L'impôt de l'octroi a été diminué de moitié, et l'on a fait exécuter des travaux deux fois plus considérables qu'avec des revenus doubles ; les écoles et les hospices reçoivent de fortes subventions, on a réparé les églises et tous les édifices publics, les rues, les places, etc.; les chemins vicinaux sont mieux entretenus que les routes royales de première classe, et l'autorité elle-même est obligée de convenir, dans l'intimité, qu'elle n'a pas dans son arrondissement de ville mieux administrée.

Qu'on nous dise après cela que les hommes du mouvement n'ont pas la bosse administrative, ne savent que détruire et sont impuissants à réédifier. Je les renvoie au conseil municipal d'une petite ville qu'on appelle *La Seyne*.

J'allais vous dire les tribulations de l'électeur appelé à la fabrication des Chambres de commerce et de tant d'autres corps illustres que vous ne connaissez peut-être pas, ce qui n'est point un grand malheur; mais ma lumière s'éteint, le sommeil ferme les cases de mon cerveau, le papier me manque, l'encre s'épaissit, et l'ouvrier compositeur me crie : « Encore quelques lignes et les quatre-vingt-seize pages sont complètes. »

Adieu donc, cher lecteur; je vous donne une poignée de main et vous souhaite beaucoup de plaisir, en échange des 20 sols que vous avez donnés à mon libraire.

Au revoir..... à la prochaine physiologie politique.

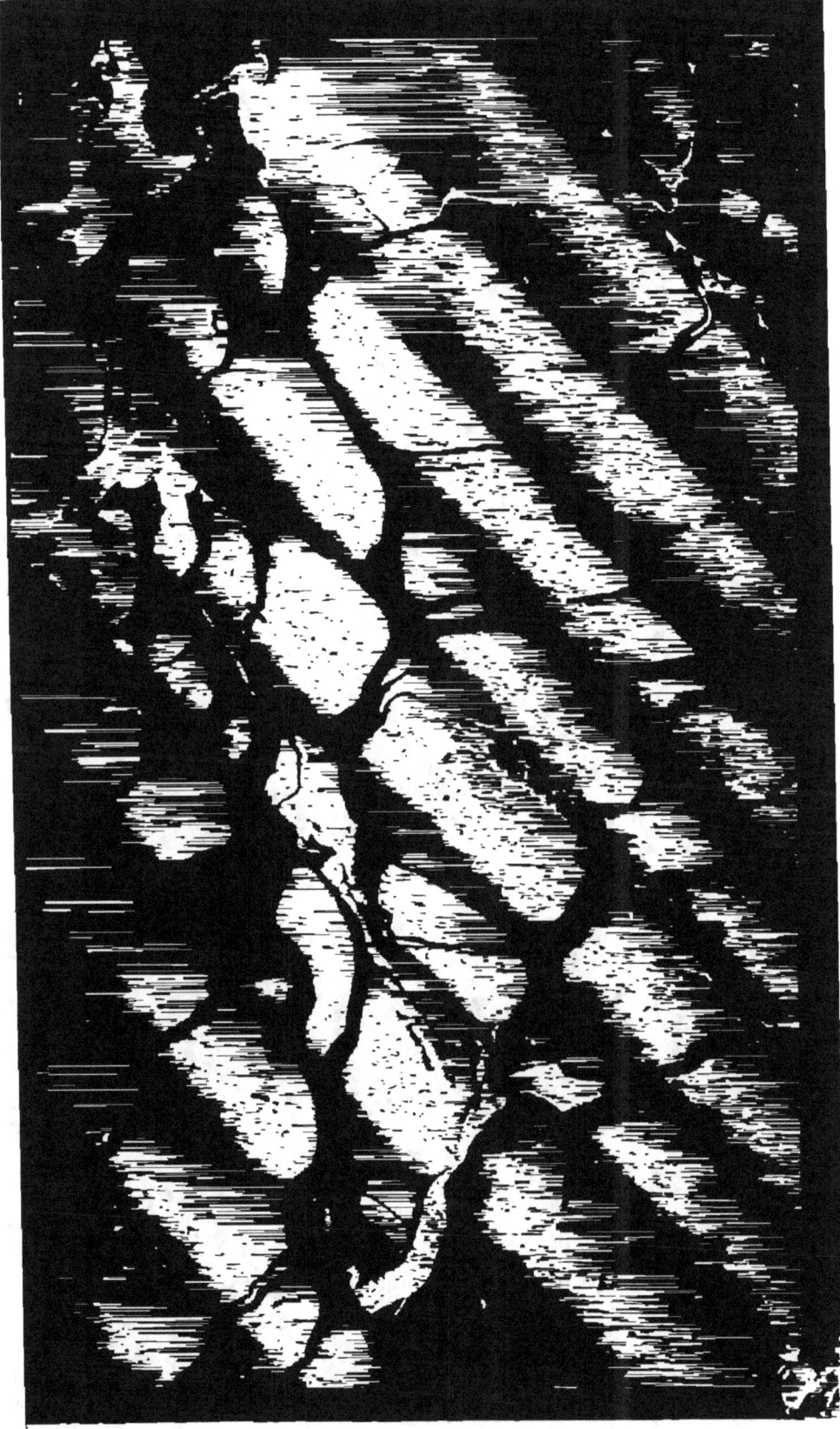